U0053383

時刻

一個

An Infinite Moment

何杉

目錄

人間

短章

斷續歌

病院

在流放地

序一
優秀的詩拷問正常 ◎ 得一忘二（范靜曄）

詩，無論側重史、事、情、思的哪個維度，首先還是語言的藝術，它藉助獨特的形式，呈現可能並不透明，甚至不會被充分解讀出來的內容。從寫與讀的角度看，一位優秀詩人起碼要具有以下幾方面功力：敏銳的感知力、明銳的自省力、鋒銳的語言感，以及棱銳的形式感。在這幾個方面，讀者面前的這本詩集都展現了非常優秀的品質。而我們提及的這幾方面的銳利，都指向一條：拷問正常。也就是，詩人的創作能敢於挑戰我們視為理所當然的、隨波逐流的生存、感知與審美慣性。

對很多人來說，「做個正常的人，／不好嗎？」（見〈正常〉）；然而，對於「正常」的期待往往是與一種媾和與妥協。所謂的「正常」的詩，也許更像一種消費品，一種撫慰劑，一種空氣芳香劑。那種「說著關於『生長』的讚美」的詩，可能會讓人讀得輕鬆愉快，讓習以為常的生活更加歲月靜好。然而，真正觸動我們精神的詩必然是拷問正常的詩。

閱讀這本詩集，是穿行於一條進入靈魂深

處的崎嶇旅程。這本詩集五個部分構成了作為
感受主體的詩人的行踪。這位敏感敏銳的靈
魂，具有著銳利的靈視，以刀斧般的語言，給
我們表現了一幅良知之旅的沿途景象。他在
「人間」所見可說是人世的苦厄，在這兒他也
試圖以「短章」給自己一點停下來觀注世界的
機會，然後他抬頭看路，吐出哽咽的「斷續
歌」，再向前，他陷入「病院」，直至被病人
拋棄，以至於最終他「在流放地」，面對著近
於荒原的自我。

　　詩人首先為我們描述了我們當下世界的表
象。我們活在這個世界上，即是「活在狂歡節
裡　活在買與賣中」（見〈節慶即景〉），而
我們也習慣於被推銷，推銷員成為我們這個世
界的餵養人，代表著我們物質追求的邏輯，
「她推銷的並非產品，而是不被拒絕的精緻藝
術」（見〈推銷員在融化中〉），於是我們的
物質生活看似可以構成一種藝術，成為一種精
神活動。然而，詩人喊道：「過度的豐饒就是
貧瘠」（見〈港灣〉）。

　　詩人能看見常人所不見，正在於他燃燒著
自己。燃燒是生命的消耗，又是生命的過程，
這也許是一個悲觀的認識；但如何讓消耗同時

具有未被界定的意義，這成為詩人從一開始出發就帶著的使命。他在現在中看到了荒涼的未來，「在你們成長的時候，事情正失去控制。／當你們有機會見識這個世界，它已經不可收拾。」（見〈空白〉）詩人的切膚經驗到所見圖景，都被他那顆敏銳的智性之靈折射為一片後啟示錄的景象。

當然，詩人也看得到世界上的美好，如在「星期六下午，遇見陽光」（見〈星期六下午，遇見陽光〉），甚至「享受著片刻的內在寧靜」（見〈光與影嬉戲的花園〉）。然而，詩人更清醒地認識到「對於走路做夢的人／世界從來不留情面」（見〈幻象〉）。他將自己定位為「孤獨地站在荒原深處，盛大／但是無用」（見〈一棵樹〉）的樹，「承受星辰的重量，和人類精神的灰」（同上）。因此，這本詩集中的詩人，行走在人間，看到的一切都令他疼痛，因為他看穿了表皮。

這本詩集是對這種所謂正常的深刻拷問。因此，詩人說「寫一首詩／是困難的」（見〈正常〉），這背後的苦難，猶如阿多諾（Theodor W. Adorno）所說的那樣：「奧斯維辛之後，寫詩是野蠻的」。然而，一位有思

想有關懷的詩人，寫詩不僅僅是一種表達，還是一種自省、一種救贖。何杉的詩是面向思的詩，我們讀到的這位詩人，與西方現代派大師如艾略特（T. S. Eliot）、卡夫卡（Franz Kafka）以及保羅·策蘭（Paul Celan）等一脈相承。

序二
凝重的敲打 ◎ 游以飄（游俊豪）

　　自從流行「舉重若輕」這一說法，唯美抒情的詩作出現得越來越多，給日常現實鋪陳漂亮的辭藻，展示曼妙的格式，彷彿就是文藝該做的範兒。那樣其實是「避重就輕」，不但掩飾了現實的幽微，甚至黑暗之處，而且也繞開了生命的深層，以及存在的內核。詞語的分量，沒有得到應該的注重，沒對文學負責。

　　何杉，對文學是認真的。

　　他的詩集《一個時刻》，收錄從二〇一六年至二〇二〇年的作品，每一首都是文學的誠意之作。大學本科畢業後，二十年間，他幾乎完全停止了詩的寫作。直到二〇一六年，許是對生命與文字的長久思考，兩者之間的彼此互換，而又相互衝擊，終於形成巨大的動力，讓他重新寫詩。二〇二〇年，面對新型冠狀病毒肆虐的高峰，人們思索生命的脆弱與意義的時候，他也把自己的詩推向了一個高度。

　　一個刻度，再現時間的鑿痕，生命的軌跡。

　　這本詩集分成五輯：「人間」、「短章」、「斷續歌」、「病院」、「在流放地」。裡面的詩，無一不觀照繁複的語境與況味，無一不有所擔當。

　　就算在集結短詩的「短章」一輯，也是睜開了恢弘之眼。例如，全詩只有四行的〈一棵樹〉，每個字都探視宇宙自然與人間世的奧義：「寬闊，盛大，站在荒原的中央／孤獨地站在荒原深處，盛大／但是無用。無可名狀的存在／承受星辰的重量，和人類精神的灰」。

　　在「人間」一輯，詩人運用更多的行數，鋪展更為深入的論述。裡面有一首，〈在港灣〉，雖然地理位置有所隱約，指向各種可能，但揭示了正反兩面的辯證：「在一日結束時，恐懼暗生／因為該來的已來，未來的未知／持續燃燒吧，用濃郁的火／照亮灰色雲層。／真實世界總是擊碎我們的想像，／過度的豐饒就是貧瘠。」

　　「短章」與「人間」兩輯，分別顯示詩人對短詩與長詩的處理，都奏鳴出厚重的聲響，得見其掌握節奏的能力。而「斷續歌」一輯，他給出另一種結構形式，每一行都是像散文語

句的長度，但確實是詩的質地，發出詩的聲音。

在「斷續歌」裡，〈海島沉思〉這首詩，排列出澎湃的海風：

「遠處的風聲猶如海潮，近處的風聲繞著塔尖旋轉，嘶啞著唱歌，風中似有萬千惡魔追逐。我坐了半小時，卻彷彿與自己心的風暴共處了一整個世紀。

風中的時間很慢，寂靜中的時間很快。」

在〈病院〉一輯，〈迷牆〉這一首詩裡，他讓讀者清晰地聽到腳步聲，而且具體分辨出左右：「白牆。灰牆。反復的油彩。／生命在背後翻騰。／母親走上階梯。／艱難地拖動。／右腳。／左腳。」

在「在流放地」一輯，同名的詩裡，他回應艾米莉·狄金森（Emily Dickinson）的「我願你是仁慈的海」，描寫某種堪憂的處境：「雲很纖弱，／但這是假象。／彷彿想像力，美麗／而無用，／必要時也會尖銳。／在流放地，圍繞著海，／雲變得／殘暴，呼吸變得多餘。」

熟悉何杉的朋友，都知道他喜歡 Mark Strand 的詩。這位美國的卓越詩人，詩句展現深刻的沉思，對於如何處置自我與人類，充滿憂慮與不安。這本詩集，也是蘊含了同樣的憂愁與焦慮。

何杉的詩，也讓我想到格林拜因（Durs Grünbein）。這位德國的當代重量級詩人，詩作每每破解迷思，刻畫人類狀態的筆觸，重中之重。

在一片輕率的花草藤蔓之中，何杉落力開墾，致力於詩的合適建築，以及理想工程，做出凝重的敲打。

不能漠視現實，《一個時刻》演示了詩的道理。

人
間

●

●

●

●

在港灣

燃燒著一個傍晚。在港灣。
煙霧升起在波紋上。停留，逐漸逃遁

從熱烈沸騰的社交中走開。
從裂開的臉中走開。
從乾枯的眼眶和利齒邊走開。
從警車尖嘯和小報記者的筆記中走開。
在一日結束時，恐懼暗生：
因為該來的已來，未來的未知

持續燃燒吧，用濃郁的火
照亮灰色雲層。
真實世界總是擊碎我們的想像，
過度的豐饒就是貧瘠。

在港灣，這個夜晚燒成灰燼。
我漂在殘骸與水之間，
金紅色天空覆蓋淡藍水面，
沉重的影子被扭曲折彎：
這個瞬間被打斷了，
空酒瓶「哐」地落在空寂的海面上。

這個夜晚，要把我燒成灰。
那些毀壞我的，
並不會讓我更強壯；
但那些無法說出口的孤獨
只會讓我更加孤獨。

光與影嬉戲的花園

雨不疾不徐地落著。
直到再也容不下一滴雨水，
而多餘的雨滴就那樣停在空中，
等待一顆可以接收它們的心靈。

我享受著片刻的內在寧靜：
在很遠很遠的地方，
靈魂去遠足了，
在光與影嬉戲的花園。

烏鶇輕輕搖擺尾羽，
花貓一躍——上了石頭臺階，
蒿草小聲唱著歌，
柏樹彼此拍打肩膀，
小徑向遠處伸展，
泥土散發著濕潤，
多餘的雨水就那樣停留在空中。

無處可去的生命也就那樣：
暫時停留在霧氣濛濛的空中；
一切都在慢慢地等待，
直到下一個合適的時刻。

花園盆栽

瘋狂生長。佔領。
攫取每一把陽光。
透過黝黑的柵欄，揮手
奉獻出花瓣，換取注視

鐵柵欄的耐心已經銹蝕
任由藤蔓擁抱。致命的
不只是給予，還有寬容
鑄鐵也終究會化為塵土

漆黑的鑄鐵上開出花朵
沉默的土壤裡養育幼苗
寂靜的時節後等待喧囂
狂熱的擁抱令世界傾圮

謹記：時間已消磨一切。
無論耐心，無論野心
未名的花終將開放
在無人的荒野。

花園盆栽之二

鐵柵欄唱著讚美的歌。
解放些許風聲，順便
伸開胳膊，讓陽光逃走

搖動的不僅僅是心，
大樹葉小樹葉
打過蠟的光線
跳上路人的墨鏡

兩個右轉一個左轉，
逃出萎靡的空氣
醫生說，等待
是最好的放鬆 。

我要抓住一些
調皮的句子 ，
把它們塞進
缺少靈魂的肉體

但是這肥胖軀幹
畢竟是太大的負擔，
逃逸即是難得的自由。

幻象

風裡有涼薄的況味。
人間煙火。點著碎柴。
牛糞和著炊煙，晚霞。
遠方鶴唳長空。一陣陣

然而！汽車鳴笛
宣示它強烈的憤怒
對於走路做夢的人
世界從來不留情面

地攤小販舉起塑膠鴿子
沒有靈魂的廉價玩具
以固定的姿態繞圈
發出虛假的鳴聲

烘山芋在烘爐上排開
等著缺斤少兩賣個好價錢
粉紅肉腸在竹簽子上旋轉
欺騙流鼻涕病孩的饞腸轆轆

這是兒童醫院門口的傍晚，
引誘我墮入遠方的世間幻象。

我們一無所有

你們要咖啡、蔬菜和行李箱，
我們有星巴克、超市和旅行的願望。

你們要說話、憤怒和變美麗，
我們有臉書、豐田汽車和大聲喧囂。

你們要青春、效率和好胃口，
我們有小鮮肉、高鐵和瘋狂的筵席。

你們要遠離、藝術和長壽，
我們有豎琴、博物館和百憂解。

你們要安靜、深沉的靜默和寫作，
我們一無所有，我們形單影隻。

你們要找到一個同伴，行過漫漫長夜，
我們彼此摸索，我們反復錯過，
最後錯過了這一輪生命。

空白

在你們出生以前,事情就開始改變。
在你們成長的時候,事情正失去控制。
當你們有機會見識這個世界,它已經不可收拾。
當你們終於走進遍地陽光,世界正在被黑暗吞沒。

孩子,你把這一切當作是遊戲
若你搖晃手柄,一切就會回轉
回到上一條生命逝去前的剎那
一切悲劇尚未開始的美好瞬間

但是客機已經撞上了世貿大廈
但是載重卡車已經衝殺進人群
但是白色的花束已經被雨淋濕
但是無數生命已經破碎如皂沫

此刻,士兵正在自己的命運中苦苦煎熬,
咻——一顆子彈燒灼著空氣,正要吻上他的心臟。
沙漠邊緣,九歲的孩子舉起比他還高的自動步槍。
砰!世界閉上了眼睛。黑暗就此開始。

語法常識

一個句子拖著大包小包，站在雨後
骯髒的石階。下一班巴士遲遲不來。
形容詞從口袋裡漏出去，叮噹叮噹
溜過一小灘積水。天空沉重而疲累。

一個句子撲蹬撲蹬甩著細尾巴，
細鱗片閃閃發亮，太多修飾詞
「咻」──早該丟掉這個短語
扣動扳機，銀色子彈飛出去

我蹚過那片迷霧，該死的迷霧！
港口陰沉著臉，謎語濕漉漉
裹緊修辭格，拉高動詞的圍巾
不忍心丟掉一串奢華的成語

另一個年老的句子斜仄著眼
嘴角流淌出一堆象徵句
連綿的定語退場 漫長地退場
脂肪消磨乾淨，舊皮帶束不住

肥大的比喻句拼命往下掉

成排的句子遊蕩在街頭
稀哩嘩啦拖著半隻鞋底
磕磕絆絆穿過臺階和噴泉
鑰匙鏈斷了，名詞滾落遍地
這是無法言說的語法世界

但是我們不會理睬這些遊民
高貴的句子自有高貴的段落
哪怕我們腰間的贅詞層層疊疊
哪怕我們拖著毫無意義的補語
哪怕我們假裝混跡優雅的排比

這是個結構森嚴的語法世界
每個詞自然有其合理的位置
存在的句子自有存在的理由
至於不該存在的，「噓」——
讓我們默不作聲把它們縮寫

節慶即景

我們活在汽車廣告裡　活在霓虹下
我們活在熒幕世界裡　活在靜默裡
我們活在狂歡節裡　活在買與賣中

我們活在無線網絡裡　活在代碼裡
我們活在彩色影像裡　活在虛構裡
我們活在無盡選擇裡　活在挑逗裡

我們活在安靜對話裡　活在信號裡
我們活在強迫症裡　活在是或否裡
我們活在下一個頁面裡　活在
逐一開展的更多選項裡

我們活在無法抽身的嘈雜裡
我們活在無法理解的言語裡
我們活在無法消化的食物裡

我們活在現實與非現實的邊界
我們活在成立與不成立的隱喻
我們活在寄生與被寄生的恐懼
我們活在遙遠與更遙遠的異鄉

我們活在謊言裡　活在希望裡
我們活著別人的日子
我們活著無語的日子
我們活得忘了自己的名字
我們最後記得的
只有用戶名和密碼

推銷員在融化中

一個笑容漸漸發生：
舒展額頭，抹平強烈陽光造成的皺紋，
拉緊下巴，讓嘴唇向兩側延展；
彎曲雙唇，讓它們如同新月
微微張開，讓八顆或是十二顆牙齒
吐出內心的善意：
哈囉，先生，要不要聽聽我們的保險計畫？
最基本的保險計畫，每個月只要一點點零頭

一打拒絕，或許換來一個猶豫的顧客，
她所需要的，只是你我猶豫的三秒。
她的粉底就要融化，一滴汗
馬上就要滑下來。撐住！
她只希望這顧客的猶豫變成默認，
海妖塞王的歌聲綁縛住又一個水手；
她只想要這客人每月的一點付出，
好讓自己多買一隻口紅。

她在這小廣場織網：
從星巴克到麥當勞只有二十步，
從星巴克到噴泉也是二十步，
從麥當勞到噴泉要走三十步，
從噴泉到臨時舞台大概十七步，
從這隻漫步的蜘蛛
到廣場外側坐著的顧問們，
絕不超過十步。

她看得出潛在的客戶：
單身、女性或男性、並不匆忙
重要的是：誠懇、不善拒絕的臉。
更多時候，踱步或沈思……
正如某人在大英圖書館所做的，
當她選定了目標，你就無法拒絕、
或讓那個精心裝飾的笑容破碎。
她推銷的並非產品，而是不被拒絕的精緻藝
術。

這裡人人織著自己的網，
二十步乘以三十步，或是東京到紐約；
人人打量著經過身邊的同類，
看看他們能為自己的生活增色多少；
我們默默練習自己的笑容，
蓮花從水面純淨地盛開；
而當我們遭到無情的拒絕，
只能轉身，讓一張疲憊無聲的面孔默默融化。

貧者、裸者和死者

貧者
在北回歸線下面掙扎哭喊，
脊背骨一節一節，是剛剛出土的恐龍化石。
困頓于焦裂土地，他們放下膝蓋和脖子，
乞求一點點水，一點、一點。但是下一瞬間
炙熱空氣一口吸乾它，就在將要抵達大地之前。
貧窮，你讓我們更加貧窮。

裸者
秘密已經向謊言敞開，四處買賣著我的名字，
標記我，帶藍色紋章的豬肉，數字正在洗牌。
我不在此地。向數據致敬！
下一秒在東歐，某間地下庫房；
下一秒化為某位走私者的護照，摘下墨鏡，
無畏面對海關人員的嚴峻審視。
寒冷是因為赤裸，恐懼源於喪失。
虛無，你讓我們加倍虛無。

死者
巴士緩緩行過街口，一車殭屍
慘白地盯著我，無聲的呼救：
先失去話語，然後是筆，最後是思考的權利，
有人被謀殺、流放、驅逐、折磨，
在遠處，
或是在別處，或是在隔牆。沒什麼區別。
反正無法被聽見。
無知，你使我們越發無知。

星期六下午，遇見陽光

星期六下午，遇見陽光
就在推開教堂沉重大門走出時，
斑斑點點的白頭髮
轉變成一陣耀眼的瀑布

星期六下午，遇見陽光，
我們從地鐵口升上地面，
燃燒琥珀色的眼珠
一直燒到襯衫深處

星期六下午，遇見陽光
幾座高樓彼此切割，讓光涌過
黃蝴蝶迎風掙扎著，
在光之急流中努力劃出一條裂弧

這不是唯一的、唯一的星期六
下午。我們用陽光油漆牆面，
劃出上午和下午的界線，
切斷生到死的長途。

把虛幻的手插進光裡，
透明的魚、透明的骨骼、透明的靈魂，
我們在光線裡所剩無幾，
街道空蕩，傳來幾聲咳嗽，
星期六下午就要結束，在變淡的陽光下。

黎明

黎明尚在徘徊，我們已驚動黑暗
樹沉沉睡去，偶爾才打個寒顫
遠方一兩聲狗吠，沉寂下去

我們默默地走著，各自滿懷心事
咀嚼昨夜的夢境和今後的日子
影子慢慢拉長，一點點縮短

我們踏過無聲無息的柔軟街道
他握緊我的手，溫熱留在
今後漫長疲倦的三十年

我們默默走過街道
兩邊的窗戶漆黑
有人在窗簾後面
悄悄地窺視

有人，在窗簾的後面
沉默地窺視。三十年。

他靠近我一點，臉龐
就要超過我的肩膀
我握緊他的手
把一小塊溫熱
放在他的手心
這是我僅有的

我們默默走過街道
一個走向暮年
一個走向中年

我們，默默走到黎明
一個走過中年
一個走過少年

短章

●

●

●

●

一棵樹

寬闊，盛大，站在荒原的中央
孤獨地站在荒原深處，盛大
但是無用。無可名狀的存在
承受星辰的重量，和人類精神的灰

短歌

一篇沒有被誰讀到的詩
一首沒有被唱過的歌
一面不曾在風中飄揚過的旗幟
一個被遺忘的夢

你問我，誰人將它們一一撿拾
我回答，是收集記憶的旅者

午後什麼也沒有

樹在空中游泳的瞬間
我捕獲了它的影子
一、二、三
三秒鐘以後
雨穿過樹冠
落入回憶的荒野

是光

是光，找到了黑暗
是黑暗，庇護了萬物
是我們，在光和黑暗之間
找到了自己的影子

有時候

有時候
願望簡單到
在清晨的第一班地鐵
搖晃著，繼續前晚的夢境
或是，沒有人打擾的獨自晚餐

想象

想像：時間中的一個小洞，
某人用力拉扯這片薄膜
直到越來越薄，洞吞噬一切
直到最後斷裂。

讓我們從這裡探頭進去
偷瞄一眼
偷瞄一眼
在時間的薄膜背後
一個奇幻的世界

失卻

又一班地鐵到站
一大群遲鈍的鳥湧出來
帶著他們和她們的孩子
散發出輕鬆愉快的
薄荷味道
但是
我卻永遠
失卻了這個可能性
他離開了

我一隻耳朵聽著世界

孩子，我一隻耳朵聽著世界
一隻耳朵，聽你的呼吸

孩子，我一隻眼睛看著世界
一隻眼睛，聽著你的腳步

孩子，左腦想著世界
右腦，我想著你的模樣

孩子，太陽升起來了
你在陽光下面，披著
金色衣裳，笑得從容

黑夜落下來了，你在
夜的羽翼下面，
你還在哪裡走著
你還在哪裡閒坐
你還在哪裡遊蕩

夢境

每一個人都爭著來
撕扯我的夢境，像十來只烏鴉
爭搶一片沾著蛋黃醬的白麵包。

雪地上污黑的凌亂，
被洗劫一空的猶太家庭
只剩下了瓶子碎片和破像框，
以及甜蜜微笑的過去式。

他、她、她們，從遠方日子
凝視這一空洞。
從撕碎的舊照片裡凝視。

霍珀風格 [1]

　　黃昏讓天空焦灼不安，像沒有結尾的小說。過於明淨的窗格裡，浮著四方形藍色。那天空——懶洋洋地倚靠著30度向下的斜屋頂。

　　彷彿一支煙在嘴角的白瑞德 [2]，雲慢慢溜過沒有皺褶的冰場，我在這樣的天空下面焦灼不安。

　　這一日滑著舞步，不作聲地，消失在雲後面了。

....

[1] 愛德華·霍珀（Edward Hopper）：（1882 年 7 月 22 日 − 1967 年 5 月 15 日）美國繪畫大師，以描繪寂寥的美國當代生活風景聞名。 最著名的作品有：《夜遊者》（Nighthawks）、《加油站》（Gas）等。

[2] 瑪格麗特·米切爾（Margaret Munnerlyn Mitchell）的英文小說《飄》（Gone with the Wind）男主角。

單排座位麵館

她放下筷子，擦乾淨嘴唇，收拾離開
而我即刻移進，填補她留下的空白
當我拍拍雙手離開，
這個世界上也會有人即刻移進，
佔據我留下的空白。

街角

對著磚牆微笑
或怒吼
那癡漢

揮動拳頭
向整個世界
宣戰

我們

我們不再談論美，
我們抱著夢取暖。

我們有時活著，
有時死去。

我們不斷回憶，
提醒自己要記住——

這樣才不會忘記，
這樣才會把回憶刻下去。

謀殺博物館

瘟疫飲著我。讓它永生。
如老虎披上黃金。木乃伊之泉
流淌在博物館。
外面沉寂，裡面平靜
從內部掏空了一座荒城。
空蕩蕩的海在你眼裡翻滾

舞曲

我等待，
因為時間仍在流動。
我停留，
因為氣氛過於黏稠。
我離開，
因為萬物終有盡時。

斷續歌

人們說

　　人們說，「故事不開始便沒有結束」。不過有些故事尚未開始就已經結束；有些故事看似平順，卻突然中斷，留下兀自錯愕的我們，咻咻作響的空氣；有些故事一旦開始，就永遠不會結束，譬如潘朵拉的盒子，譬如婚姻，不論你怎樣試圖擺脫它，它總是在某些方面悄悄地滲透進來。

　　父母離開的那一剎那，所有遮擋的事物都瞬間消失，故事立刻來到終點。

　　陡然之間，眼前就是一條筆直的、光亮得發白的水泥大道，若不是剛剛完工，就是被狂風掃蕩過，什麼也沒有，筆直地通向終點。

那些殘舊的事物

　　那些殘舊的事物總是帶來熟悉的感覺，因此我比往常更長久地凝視著它們。牆體已然剝蝕，風化，但過往事件的殘骸依稀可見；塗著紅漆的鐵窗斑駁不堪，讓人猜想它們定然不能嚴謹地合上；多少年留下的雨水、汙跡和著灰塵，把玻璃窗染黃……

　　因此我更加憐憫地懷念居住其中的人們。猜想著他們或她們如何消磨自己的年華，在無聊中做著有意義的夢嗎？在大風的夜裡，他們也會傾聽窗縫裡風的鳴叫；驟雨來襲的時候，他們是否隔著灰濛濛的窗，仰望灰濛濛的天色？

穿越信仰的風暴

穿越信仰的風暴，我們正在人、事的浮沉中打著滾。

經過這些年以後，我發現：正在生存的現實中迷失的，不是別人，正是我自己。

各種言語——姑且不論是善意或惡意的謊言，物欲充盈的現實，周遭浮動著浮躁，而我的語言本身，也從體內一一流失，一一地漏……

所謂愛心，所謂打動人心的、觸動心弦的到底是什麼？是真正的關心？抑或只是出於施捨的同情心？

真的，喪失所謂自我的東西已經很久了。連那所謂心的東西也只剩下一個殘留些許溫暖的空殼而已，就如寒冷的冬日清晨，起身很久後殘留的被窩一樣。

秋後，晴空筆直乾脆地延伸，到未知的地方

杉樹乾乾淨淨排成行，仿佛要傳遞些什麼消息；

它們比公務員的穿著還利索，並且過於事務性。

海島沉思

　　海風終日盤旋呼嘯，躁動不已，似乎因為無法對抗這人類的建築而不快。

　　這磚石的塔已經駐留此地若干年，內壁尚未老化，但濕氣已經透過縫隙滲入塔內，想必外牆早已被帶鹽的海風啃咬得斑斑駁駁。但是在這塔頂，日光卻依舊安靜地投下一小塊方形，時而明亮時而黯淡。

　　這裡沒有別人，只有我自己和佛像面面相對，只有我和自己的心面面相對。有一瞬間，風聲忽然靜止，世界傳來留著嘯聲的沉默，那時我覺得自己已經不在這個空間。

　　兩三秒後風又再起，一如往常的暴烈和不安分。這裡是人世間的荒漠，一如我的心也是荒漠。

　　遠處的風聲猶如海潮，近處的風聲繞著塔尖旋轉，嘶啞著唱歌，風中似有萬千惡魔追逐。我坐了半小時，卻彷彿與自己心的風暴共處了一整個世紀。

　　風中的時間很慢，寂靜中的時間很快。

雜語

他們說，厄運就快要來了。

厄運在途中。

讓我告訴你書寫死亡的二十一種方式。

懸而未決之事需要一個總結，事實上我每天都在籌劃完美的結局，但只是無限接近它卻沒有抵達，或者應該說：幸好尚未抵達？

他們說死亡是軟弱者的選擇。

好吧，那麼他們是對的。

鬧鐘壞了，無法修復它，所以只能丟棄；菜葉爛了，植物枯萎，不能逆轉，所以只能送到垃圾場；這一次的人生走錯了，沒有勇氣繼續奮鬥，所以我選擇放棄。毫無疑問這是懦弱的，但確實是必然的。

好吧，最後一局，你贏了。

他們說，世界永遠是值得奔馳的旅程。

但奔馳會令人疲勞，螺絲釘發出吱吱嘎嘎的聲音，鋸條磨不動木材，老舊的心不再懷抱

著期望，你又怎麼能給它加上一些機油？

　　疲勞，不只是因為身體困倦，而是精神沒有動力。支撐我們繼續前行。你知道身體完全沒有能量的感覺嗎？你知道馬拉松第三十五公里時身體的空洞感嗎？你知道激烈的性愛之後，身體彷彿毛巾被擰乾的感受嗎？現在，我就是那一面風中的破旗。

　　他們說，努力去發現生活中的快樂！
　　但是，什麼是快樂呢？要發現某物，需要先定義某物。未名之物必須先被發現、被認識、最後被定型，融化在我們生命中。
　　我沒有快樂，不知道什麼是快樂。
　　在電影院和孩子度過黑暗而迷醉的兩個小時，是快樂的嗎？他快樂，所以我融化。在球場上奮力擊球的分秒快樂嗎？興奮，超過快樂。性讓我快樂嗎？激動、期待、滿足，但是不快樂。

　　他們說，多睡覺吧，休息令你內在充實。
　　但是，休息不是另一種死亡嗎？閉上眼，

讓自己去往一個混沌之地，非生非死，在現實
與幻象的邊界行走。我看見許多來世，也有許
多過往。

　　行在混沌深處，缺乏時間的轉換，忘卻和
驚悸卻是尋常之事。我被追殺、被拋棄、被帶
領、被懸浮之物托舉，最終被夢境碾碎，被現
實遺忘。

　　睡眠，令我輕而且浮，有而且無。

　　於是我睡。

波羅納茲舞曲病了 [1]

一聲蒼老的咳嗽，壓抑、嘶啞。音符的叢林被攪動了，看不見的顫抖。燕尾服皺起眉頭。許多黑色眼神掃過來。

那紳士驚恐地四周看看，奮力壓住胸膛。他掏出白手帕揪著胸口，恨不得把喉嚨打結。但咳意像壞了的龍頭汩汩漏著。他羞愧地縮小身軀，試著假裝自己已經透明，化作無聲的煙塵。

李斯特繼續奏。李斯特繼續推進。李斯特委婉地回鳴。

情緒層層高漲，但那咳嗽改變了氣氛。一切都變成某種偽飾。我們假裝忘記了時間，假裝若有所思地感動，我們假裝高尚有品位，假裝生來清白。

但現在我們都覺得咽喉裡有些異物，猶如襪底多了一粒沙，襯衣后領有一個褶皺，一個

不規則的函數硬梆梆地橫亙，本該滑順的世界
無法回復，漿洗乾淨的星系多了無名黑洞。

　　鋼琴家甩動手指頭，努力抹平那聲咳嗽。
但是徒勞。水填不滿漏洞。存在的無法被抹
去。發生過的無法視而不見。

　　多年以後，他一直在唱片裡咳著二連音。
他咳了一次又一次，喉嚨裡的羞愧再也清除不
掉。波羅納茲舞曲鏽住了。他活在輝煌波羅納
茲舞曲裡。

---

[1] 波羅納茲舞曲（Polonaise）：Grande Polonaise in
E flat Major, Op.22, Frederic Chopin. 蕭邦的輝煌大
波羅納茲舞曲。推薦CD：Sviatoslav Richer 演奏
鋼琴，Kyrill Kondrashin指揮London Symphony Or-
chestra（BBCL4031-2）。

病
院

•

•

•

•

午夜機場

我一直在準備這一天的到來，
驚訝但是並不慌亂
卻沒有想到這來得如此迅速，
命運就是猝不及防

候機室的玻璃門悄然滑開，
宿命的氣息無疑在內

人人帶著自己的行囊
人人攜帶自己的宿命
人人背負烏鴉的雙翅
人人自知終將走向朽壞

哦，也許他們只是假裝不在乎啊
假裝此刻的世界依循物理定律
假裝死神並沒有在他們肩膀後面
緩緩吹出一口Chanel的氣息

我瞪著他們的眼睛
瞪著其中的威脅意味
凹陷的眼眶裡面
豈非死神在轉動瞳孔？

這裡午夜永不寧靜
厚重地毯吸走輪轂的噪音
順便遮蓋靈魂逃離的哀鳴
留下無數行走世間的軀殼

然而死神，你何時會厭倦？
在你遊蕩世間的日日夜夜
普羅米修斯在高加索山巔
西西弗斯仍舊推動的巨石
你也困在自己的宿命之中

哦，此刻

此刻他的軀體正在朽壞
此刻他的腎臟逐漸衰敗
此刻他的膽囊慢慢停工
此刻他的肺將陷於崩潰
此刻他的雙腿更加無力
此刻他的脂肪不再燃燒
此刻他的血液流動減緩
此刻他的骨骼無力承受
此刻他的眼睛更加渾濁
此刻他的回憶流於空白
此刻他的靈魂變得稀薄
此刻他將要呼出一口氣
此刻他將要離開我遠去
此刻我需要緊緊握住他
此刻我被困在遙遠他鄉

我等待的航班尚未抵達
我被拋擲在這午夜機場
我呆在冷冷的陌生之地

我緊緊抓住自己的心臟
哦，父親！

惡魔預知死亡

又送來一個，昏迷著
隔夜的靈魂還在飄蕩
或許，還在那張床邊
某個無法逃離的碎片

然而，他踏進大廳
衣角卷起細碎的塵屑
漫步，時不時湊近
蒼老衰敗的嘴唇
細細嗅吸其中的腐朽

金屬也為之戰慄
因他手中的鐮刀
正要刈下一些麥子
就在醫生搶救之前

那命定的，他撒下銀色的詞語
將要告別的，他湊近額頭悄語
不曾得救的，他伸手弄亂頭髮

那尚在掙扎的，他溫柔地撫摸

他刈下命定的麥穗
他最後將會滿載而歸

惡魔預知死亡之二

「哎，空調太冷了……」
將逝之人咕噥著。
彼時他正微微吐氣。

所有的儀器猛然一閃。
綠色指針正要跳下一格，
聲音就被扼殺在中途。
每一寸空氣凍結起來。

病人的愁容凝固在嘴角
乾枯的唇更來不及翕動
落葉蛺蝶停留在枝頭
寒霜瞬即覆蓋他的眉梢

哦，死神
逡巡他的領地
漫步急救病房
從人世的中轉站
帶走屈服的靈魂

遺棄報廢的軀殼

他和垂危者喃喃細語
坐得比我們更加貼近
擺弄他們破爛的外套
耐心勸說他趕快放棄

他仔細查看臟器的腐朽
超過菜場上的賣魚小販
然後，冷然一笑
伸手摩挲自己的兩頰
「哦，昨夜的胡碴又在生長」

逝者

那些長眠在泥土裡的人們啊
你們的寂寞從此無人可以帶走
若是鮮花常常凋零在你們胸前
那也是自你們的白骨中誕生希望

那些長眠於海底的人們啊
你們的呼喊化作層層迭迭的海浪
假如藤壺已經溫柔地蓋上眼瞼
假如海藻正在為你輕輕拂去泥沙

那些長眠在石頭墓穴裡的人們啊
海風給你們的碑文刷上一層鹽花
磨蝕了的是舊時代的雄心
正當牡蠣盛開在閃閃發亮的餐盤

那些長眠在屈辱中的人們啊
沉默不應該是你們的語言
命運不應該是你們的祭品
奧斯維辛的最後一縷白煙已經飄散

那些長眠在夢想中的人們啊
你們曾經那麼接近自由的彼岸
但是勇氣、長矛和癲狂終究埋葬了
唯有昨日的朝霞在沙漠的邊緣閃光

迷牆

長日將盡，還是一日之始？
最後的天光，抑或天地開端的投影？
一片空無的寂寥，還是無始無終的空闊？

白牆。灰牆。反復的油彩。
生命在背後翻騰。
有人走上階梯。
艱難地拖動。
右腳。
左腳。

無人也無聲的剎那，她的腳步。
轟然作響。震動了整座大樓。
灰簌簌地落了一地。
花盆肩並肩顫抖。
一片花瓣落下。

她邁出右腳，
左腳跟著拖動，勉強。

把身體挪上一級。
上了一級階梯。
再一級。

她引導我在最後的暮色裡
目睹自己的全部歲月，
黑白影像在面前流動，
我再次出生，再次
面對一切未知之物。

關於軀殼如何成長，
關於植物如何茂盛，
關於無知如何羞愧，
關於蒼老如何降臨。

這是一日最後的溫暖時刻，
一座廢棄的屋頂。
一堵斑斕的水泥牆。
一座沒有母親的空城。

很久不見

很久不見。
沒有再見。
下一次見面，
你在臉書上讀到新聞，
我碰巧就是那一起意外的主角。

很久不見。
常常再見。
在未知之境，
心遺失的處所。
有風，山谷，梵谷式的背景。

很久不見。
痕跡消散。
在人間和非人間之間。
山路彎彎，背景板上的山巒，
幻化為呼吸。劈頭一道閃光。

很久不見。
很久不再相識。
簡直不必相忘。
舞臺的背光亮起，一棵樹浮現。
豐滿的樹，是驕傲的一束遺存。

很久不見。
風光霽月。
海市蜃樓也會輕輕呼吸。
孤獨又驕傲。不容易折斷的樹。
豐滿地搖晃枝葉，漏下幾片回憶。

很久不見。
石門滾雪。
新雪吻上最後的草。
立冬維持了一個時辰。
樹從背景裡浮出來。在聚光中沐浴。

很久不見。
秋風蕭瑟。
單數是沒完沒了的。

唯有樹留在舞臺上，化作真實。
道路向左，溪流在右，心在中間輕輕搖擺。

很久不見。
青春從未來過。
枝葉碧綠，呼吸陽光。
對抗平庸，沉默是唯一的武器。
因此就讓樹留在那裡，無人之境，無知之境。

很久不見。
也不必再見。

一個病人

一個病人。珍惜自家土地勝過寧靜，
重視自由的表達，勝過自由本身。
觀星者打破了這個清晨，
她從火焰裡擠出一把皺紋，擲向
帶著儀器經過後院的陌生訪客

一個流亡者。在自己的領地上
尋找不受打擾的夢，並準備著戰鬥
「任何舉動均為冒犯」，綠火焰
圍繞龍紋章的盾牌，並附贈
梅杜莎的詛咒，和邪惡的預言

一個魔術師。詞語的雜耍
破壞的鏈條持續向前，但在某個點中止，
在她下令以後。白手套裡長出荊棘，
並不稱奇，切割幾個完好的靈魂，
在虛空中刻劃恐懼，令演出完美

一個現代奴隸。沒有香料交換自由。
沒有清水、麵包，和免於焦慮的權利，
她毫無希望地獨坐，生活的頭皮屑
堆成囚室，既是囚犯，也是獄長
然而她不妥協。火星捶打她的囚鏈。

一個病人和一個自我譴責者，手挽著手
顫抖著站在河裡，累了嗎？
俯下頭看看水裡，那破碎的影像
令她驚恐：擲向這個世界的詈罵，
將沿著拋物線的軌跡墜落頭頂……

塵肺病人

一

塵肺病人睡著了，是一張木刻
塵肺病人睡在在自己的膝蓋上。

沒有睡著的時候，他們圍成一圈，
跪著，不說話，只咳嗽。
藥水一滴一滴進去
呼吸一絲一絲出來

明天的太陽依舊會升起，
但是他們並不期待什麼。
一切已經註定。

最可怕的不是噩夢，
而是看不見明天有什麼希望。
今後將會如何？
已經毫不重要。

二

有人在隔壁房間走動，
生火、切菜、和麵、熬一碗粥。
或在村莊外面活著，
做小生意、買一包香煙、粉刷牆壁。
或在山梁外面找活路，
坐火車遠行、背著包裹去打工、留在大城市。
或在更遠的地方紮下了根，
買了身份、換了臉孔、漂浮在混濁的生活裡。

但是我們困在此地，
但是我們困在此刻，
但是我們困在床榻和呼吸器中間，
但是我們困在膝蓋下的二十釐米土地上，
但是我們困在自己佈滿孔洞的肺葉上，
但是我們終於失去了明天的太陽，
但是我們終於走了一個又一個，
但是我們困在此刻，
但是我們困在此地。

三

人們穿著白衣服來，穿著黑衣服走，
人們的腳步很輕，蒼蠅還在我左臉上
搓洗自己的雙手，滿意地檢視它們。
我告訴蒼蠅：「不要走，再陪我一會兒」
它搖搖頭凝視我，研究那些吸管
然後決定去找陽光更多的房間

或許它的決定充滿暗示？
塵肺病人垂下頭，跪在自己的膝蓋上睡去
他和蒼蠅一起，去了充滿陽光的房間。

兩個左右相鄰的房間

一

狹小的房間。長方形。煙霧騰騰。
擠不下太多人，四處小聲私語。
每個人自顧自來去，念念叨叨。

人們穿著白衣服來，雙手空空。
他們從前門進來，突然出現的門，
或許並不是門，只是牆壁上的洞

那一瞬間被撕開，
然後新來者顯現在我們之中。
微笑著茫然著，搓著雙手，
找到一個不引人注意的角落。

沒有燈的房間，沒有黑夜，沒有
透明的白晝，但是我們看得見彼此，
就像看見自己的願望那樣清晰。
沒有人抬頭看著別人，

只是朝向彼此的方向
朝向那裡的虛空微笑。

「砰!」另一扇門打開,
我們中的一個隨即起身,
慢慢穿過房間,慢慢走向宿命:
時間到了,他得走向另一段人生。

我們都知道那門後是什麼,
但我們並不掌握那門後的什麼。

二

隔壁的另一個房間。隔壁的另一群人。
沒有光線的房間。也看不見彼此。
肩膀彼此碰擦,隱約的古龍水味道。

煙斗一明一暗。「借個火,兄弟」
他們乾淨的白牙齒在暗中閃亮,
額頭的印記隱沒在披散的毛髮裡。
他們自覺有罪,但是並不因此沮喪。

總有人從不知名的角落浮現出來，
先是一隻胡亂揮動的手臂四處摸索，
依次是雙腳、小腿、屁股、軀幹和另一隻手，
那隻手似乎還想拉住另一邊的什麼，
最後是驚愕不已的頭顱，
還有恐慌畏縮的眼神。

然後他們總是很快熟稔起來，
黑暗給予我們平等，和勇氣。
即使我們腳下所立之處
不過只是一團暗沉虛空。

「砰！」一扇門打開。
我們中的一個起身，雙手輪流
和許多暗中的手掌碰觸，
慢慢穿過房間，穿過粘滯的黑暗，
無聲無息地消失在門後。

我們都知道那門後是什麼，
但我們並不懼怕那門後的什麼。

老年，與其他

此刻需要一個上帝！或者美杜莎
或者隨便什麼神祇（魔鬼也可以）
解救我，從全身疼痛、無盡的咳嗽中

在病菌稀釋我之前，神啊
當我被拆散時，你在哪裡？
每一個關節都在消解，
回憶逐一湮滅。
毀掉一座城池。
最後碎片彼此纏繞。
時間之流陷於糾結，
阿爾茨海默症的又一個追隨者。

神啊，若是你曾聽見那些將死之人的哀號，
怎麼能漠然看著他們的骨肉被拆散？

或許所有的神都在忙著什麼大事，
或許神也忙著哀慟、喪禮、黑衣、白衣，
哀痛的不只一個
更多的整日在灰塵中討生活。
跪著，俯伏，乞求一口井
或掙著命，給孩子一碗白粥。

車輪已然坍塌，
眾人如塵煙四散，
此刻最好來一個上帝，來解釋那麼多的痛苦
給我一個發燒的上帝，或是燃燒的神祇！

在流放地

●

●

●

●

蜂群

「那些察觉到将会发生什么的母亲，与她们的孩子
一起走过『农院里鲜花开满枝头的果树』」。
　　　　　　　　　——《奧斯維辛：一部歷史》[1]

「親愛的，你該嚐嚐這裡的蘋果。
它們特別大也特別甜。」
親愛的，靠近點，你聽到白晝在顫抖嗎？
被火焰溫暖的，也將被黑夜驅逐。
成千上萬的流亡。他們毫無準備，
就被生活的輪轂拋出很遠，
變成一團可恥的爛布。

「親愛的，你該在秋季常常拜訪這裡，
鮮花盛開以後總是碩果累累。」
親愛的，我們是空殼，我們不是空殼
作為人的我們死了，蜂群還活著。
我們仍然活在此地，遊蕩在此地，
凝視曾經冒著白煙的天空，
凝望火焰升騰之地。

「親愛的，嚐嚐這蘋果，嚐嚐它
獨具風格的內核，也嚐嚐它
絕不平庸的甘美。」
所有的果樹都將美好內斂，
融為果實的甜蜜了，對嗎？
蜂群在她們之間傳遞賀爾蒙的訊號，
但對自身處境的險惡一無所見。

「親愛的，五億只蜜蜂正在巴西死去，
這裡的蘋果遲早也將滅絕。」
人口統計學家或許不在意，
但是植物們一起唱著輓歌：
他們的歌聲有其長度和寬度
他們的悲哀有非同尋常的密度，
他們的悲哀有體積，也有重量。

「親愛的，一隻蜜蜂沾染了毒劑，
整個群落都滅絕，那是遙遠的巴西
正在發生的事情。」
像人們伸出雙手，卻迎來凝固汽油彈

以前，他们用齐克隆Ｂ解决犹太人，[2]
现在，他们用百草枯灭绝了蜂群，
在不斷的喪失中，我們死著，
死了一遍又一遍。

坐進蜂群深處，藏起
羞於示人的另一面，打扮成狂歡節小丑，
給每個色彩鮮艷的孩子送上一個紅蘋果，
還有我們的愛人：
「親愛的，為什麼這裡的蘋果如此甜美？」
「因為這裡是奧斯維辛啊，親愛的，
因為這裡曾是奧斯維辛。」

---

[1] 《奧斯維辛：一部歷史》（Auschwitz：The Nazis
& The Final Solution）：奧斯維辛（Auschwitz），
指前納粹在德國建造的最大集中營。該書由英國
歷史學家勞倫斯・里斯（Laurence Rees）所著，以
大量細節的重現，對奧斯維辛的罪行進行了深度
揭示。
[2] 納粹在奧斯維辛的毒氣室用齊克隆Ｂ屠殺猶太
人。

致K

煙霧平行于你的眼睛，無可避免的枯燥再度降臨
有人在孤獨中吶喊，那聲音散發著柔和的光芒
內向的河流被陡然驚醒，嘩啦嘩啦墜下瀑布
這是一個敏感的刻度，而月亮尚在沉思
傷寒留下銀色痕跡，隱喻著某種疾病
「沒有士兵能熬過去」，他們耳語
樹林警覺地直起腰，有個預言
正要割開橡膠樹的面具，
生活的姊妹船向前，
在日落的另一側。

在此刻劃動手勢，
孤獨的臉在水波中破碎。
自由的另一張面孔。閃爍。
我們住在臉孔搭建的大廈裡，
臉孔來來去去。記憶來來去去。
努力抗拒面具、凝視及無所不在的侵犯
留下正午在小販的嘶喊中戰慄，我們離開
那裡有慾念、美德和性，也有概念性的魚兒
無邊無盡的概念之海，我們向下眺望無盡的海水
我們住在那山上，我們住在有樹開花的山上，我們。

坐著他的馬車

困苦是我們的——朋友,正像
回聲在群山裡響亮。
我們坐著馬車,遊蕩在山間。

野花開時,我們行過金黃花海
夏日濃時,我們在樹蔭下啜飲溪水
秋風裡落葉鋪成大道
冬夜我們在馬車裡圍爐夜話
我們飲著生的泉,
把一生輕易地輾過。

我們都坐著——死神的馬車
四處晃蕩,沒有人過問
駕車人是否已經瘋狂,
哦,不!他其實一直都不在。

但是他從未赦免——誰:
哲學家、肉販子,還是買星星的商人
都在他的塵土裡打滾;

揮霍他賜予的生之甘美，
並以最後的呼吸當賭注，
等他引導我們走過可怖的暗路。

我走出熟悉的土地

我走出熟悉的土地，去到陌生人中間。
我的命運和他們沒有關連也沒有重疊。
就像大雪一場，不會覆蓋所有的岩石，
該裸露的靈魂就裸露。該風化的
頁岩就片片碎裂。被磨損的指甲
再也翻不動凍硬的土地。

我們四散飛過有雪的山坡，假裝從來就不相識
翅膀非常沉重。像風吹過柳林那樣沉重。
像陽光不可避免地落下地平線那樣沉重。
比五英呎的積雪還要沉重，
也比我試著忘記的往事要沉重。
如果從來不曾相識，是不是會少一些罪惡感？

我走到陌生人中間，卻並不結識任何一個。
我們都只是自己的朋友，緊緊抓住自己的行李箱
裡面是漿洗乾淨的內褲和皮囊，幾個
乾燥碎裂的舊笑話，還剩下一點隔夜的麵包渣，
皺巴巴的自尊和破襪子。

小心！別讓聖馬丁廣場的鴿子
叼走了那副咧嘴一笑的面具。

我要和這群陌生人一起熬過冬季，我們擠在
唯一的馬車裡，在乾淨純粹的雪地上
寫著一個，又一個自私又殘酷的笑話。
那匱乏的，我們塗抹上豐饒的脂粉，
那原本荒涼的，我們把它變得更荒涼，
最後，只有沉重的雪片，
照耀著沉重的西邊的山峰。

正常

寫一首詩
是困難的。

困難到
無法呼吸,
或者下嚥。
因為慾念
卡住了喉嚨,
所以我驚恐
轉動眼珠,
假裝是個正常的人。

「做個正常的人,
不好嗎?」
灼熱的氣流
正擋在回家的路上。
一輛巴士轉過街角,
滿滿一車殭屍,
蒼白地盯著我:

「做個正常的人，
不好嗎？」

荒涼的夜裡，
世界展現出
未曾被目睹的
真實，
以風的轟鳴為前奏，
很多句子試著
鑽進我的臥室，
撕開天鵝絨窗簾，
它們涼涼的，用指甲
撓著玻璃。
我拒絕它們，
要做個正常的人。

無恥地拒絕它們，
我穿上西裝出門去。
但語法和修辭
扯著我的鞋跟，
拽著條紋長褲的褲腳，

懇求我收留它們。
一旦心軟，
它們就會在神經裡
爭鬥、撕扯、翻滾、耍賴

做個正常的人，
把它們踢下台階，
讓一堆詞語
翻滾在泥漿裡，
面朝陰濕的雲，
大聲喘氣——
但我終究撿起它們
細細清洗一番：
做個正常的人，
比不寫一首詩，
更困難。

在流放地

「我願你是仁慈的海。」——艾米莉·狄金森[1]

雲很纖弱，
但這是假象。
彷彿想像力，美麗
而無用，
必要時也會尖銳。

在流放地，圍繞著海，
雲變得
殘暴，呼吸變得多餘。

這裡什麼都提供。
但不包括
想像力，和真相。

有人數著最後的日子，
一顆一顆數，
然後一把一把。

恐懼慢慢長大，
一份名單開始發芽，
膨脹、裂開，
花粉是黃色的。

恐懼，我們不虞匱乏。
善，卻像爐灰裡的
豆子一樣難尋。

我們正在經歷的，過去從未發生
或是，已經無數次重演
譬如死亡，譬如獲救。

「我願你是仁慈的海」，
我願在溫柔的海中安息。

[1] 艾米莉・狄金森（Emily Dickinson，1830-1886）
美國最著名的女詩人，與惠特曼（Walter Whit-
man）同為十九世紀美國詩壇兩大支柱。本句出自
1848 年 8 月她寫給 Catherine May Scott 的書信。

暗水

日子到了末端，太陽快要落下去了，虛弱
但勉強伸出光線，隔著車窗，撫摸我的臉。
感受那熱度：它正在憐憫我。

閉上眼，光溫暖了整個世界，
晃動著懶洋洋的水。一個悠長的句子
不急不慢從水波一端蕩到另一端。

更深、更深、更深處，破碎的記憶
斷成支離人像，古老的藤壺佔據那軀體，
變成灰白無神的眼球，漠然瞪視著。

夢境更深處有什麼呢？一條陽光
讓我潛下去，在海的皺紋裡摸索，
在記憶荒漠中打撈失卻已久的珍寶。

唯有寂靜掩埋一切真相，唯有寂靜。
沒有被說出來的，才是最可靠的信條
話語一旦吐出，就成為過去，並不再真實

現在我僅有最後一根繩索，唯一的希望
若不返回海面，則將永沉暗水。
是否就此拋棄無味的虛偽肉身？

某人在某處弱聲呼喚，模糊但是真切。
那聲音曾在夢境中呼喚我，那聲音正在憐憫我。
時日尚多！時日尚多！時日尚多！

陽光即將溶化，冰冷海水就要上漲，
舊時珍寶仍在海沙內沉睡，直至世界盡頭，
但我已感到溫暖捧住臉頰，即便是最後的陽光。

她從世界另一端來，盡其所能抓住靈魂
她曾撫摸我，猶如初生嬰兒；安慰我視同己身；
而我即以她的名讚頌她，回報以全部生命。

我以為世界仍有微光

有人歌唱，就有人點燈；
有人吃糧食，就有人
刻著青灰色面龐；
有人穿黑衣，就有人數著
病的天花板；
有人懸掛，就有人燒
白布床單。做骯髒的工作。
有人切開氣管，就有人
捧出新鮮的心臟，
「這不是解藥嗎？」

弦震顫起來。舌頭隨著
音符變微弱，變暗。
五個、四個、一個。
暗藍的陰影遊蕩在街中央。
玻璃窗後閃現慘白
滿懷希望瞧著。
以為世界仍有微光。

誰已離開？
還有誰在等待？

建起有病的牆——不，
一切都不是隱喻
我聽見人們在深淵裡
喘息呼號
而不能伸手。
我是有罪的。

年輪

「……被剝奪了權利的嘴唇，說吧，
總會有什麼事發生，
離你並不遠。」
　　　　——保羅・策蘭《換氣》[1]

瘟疫的黑年輪和我們的白年輪
相間而行。
你無法錯開。

生長，被磨損。
樹椿咬住斧刃，好讓
年輕的嫩芽長出來：
為災饉之年留一圈記號。

被砍和鋸的不只是肉體
墨滲到骨頭裡
盛開白色結晶。
春天來了，
但種花的人變成了泥土。

泥土上開滿白蘑菇。

夜的守門人
沿著寂靜走下去。
鎖鏈結結巴巴地響著
拖著傷寒的尾巴，
一羣孩子跟著他
不聲不響踏進河裡
絞著衣角和手指，
一個接一個
消失在河面上。

四騎士丟了假面，
放牧無盡無邊的烏雲，
原野尖嘯著逃竄，
沼澤在微笑，
倒影裡，
蝗羣俯衝下來啃噬，
——放過那跪在泥裡的孩子！

有時候，我希望這都是
謊言或戲劇或佈景；
拖延是美德，
謊言也是美德，有時候。
但那正是死亡本身的形象
再沒有詩句，只有蜿蜒的血。

[1] 保羅·策蘭（Paul Celan；1920.11.23－1970.4.20），
本名保羅·安切爾（Paul Antschel），二次大戰後
最重要的德語詩人之一。本句引自保羅·策蘭寫
於 1967 年的長詩《換氣》（Atemwende），《保
羅·策蘭詩選》，華東師範大學出版社，孟明
譯。

十二月的雨[1]

這是一年的尾端。
十二月的雨落在
街道的深處，
我坐下來開始寫信

凌晨四點十分，
紅綠燈孤獨地閃爍，
一個信使正在穿過
虛無的花園小徑，
腋下夾著厚厚的預言。
他來不及拉上雨衣頭套，
因為我正在焦急地等待

腳步的回音還未結束，
我的門鈴已經響起，
攪亂周圍黏滯的空氣。
而當他離去，
只留在門墊上
兩個濕漉漉的膠鞋印

這是一年的尾端。
新生的事物尚未成形，
隔夜的湯汁已凝結，
十二月的雨卻剛剛落下。

信使送來悲哀的故事：
我的朋友將要遠離。
致命的朋友，哦，朋友！
你曾經談論希望和計劃，
就著爐火點著下一支煙，
揮開淡藍的煙霧，
如同所有的事都不值一提

有關你的痕跡還在這室內，
隨意於牆角的塗鴉
煙鬥烙下的一團焦黑
忿怒時毀壞的兩三把椅子
未完成的畫作還在等待主人，
但是咖啡已涼，汙漬不能漂白

信使送來你的一串鑰匙
你說美好的仗已經打完

当走的路已到尽头
该守的道已经守住
十二月的雨却刚刚落下

你说炉中的木炭已燃尽
悬挂的火枪已锈迹斑斑
珍藏的美酒已发酵成熟
十二月的雨却刚刚落下

你说值得等待的事早就结束
钥匙已经无法打开
世间的任何一扇门
十二月的雨却刚刚落下

这是一年的尾端。
十二月的雨落进
世界的深处。
我坐下来开始写信，
却不知道钢笔中的墨水已枯

---

[1] 根据摇滚乐队 Guns & Roses 名曲《November Rain》和 Leonard Cohen 名曲《Famous Blue Raincoat》写成。

傷膝河，帶我上路 [1]

傷膝河，我帶你上路。

將尖齒和暗影投入生活，並在牆角刻出兩條彼此鋸開的銘言：

一句說「肉體的脆弱證明心靈強大」，

另一句「生活不過是所有碎片之集合」。

傷膝河，我帶你上路，只不過因為富於異國情調，且希冀保護我的左膝。雖然這和教堂長椅上的聖經一樣未必可靠。

最初的印第安人在此倒下，一拐一拐，走向你。你說：來吧，孩子！水並不寒冷，來洗淨傷口裡的碎骨，嚼一把草藥，你會再揮動戰斧，讓紅白斑紋帶去死亡的訊息。

或許他是後來的「郊狼」，又或許沒有關聯。河如往常細膩、緊密，不動聲色。但是槍的走火改變了河——如果河面飄過的不是冬霧，而是激烈互射的硝煙；如果河裡漂浮的不

是穿制服的和戴羽毛的，而是上游解凍的巨大
枯樹。

是「郊狼」發射了第一槍嗎？他早就不能
回答。枕著族人的骨架，細脆的、粗壯的、萎
縮的和沉默的，言語及歌已散佚，羽毛亦歸塵
土。或許嵌進膝蓋的彈片猶在，蝕爛成片片樹
皮，再無證據表明屠殺的發生。

傷膝河，我帶你上路，為走失的亡魂祈
禱，為塵土唱古老的歌謠，為失掉的人心，為
持續不斷的屠殺。我坐進教堂，前排長椅背上
擱著一本經書。那封面寫著：不可殺戮。那封
底寫著：塵歸塵，土歸土。但是暴戾的風衝撞
著，讓十二月二十九日的記憶永不散去。

於是我起身，打開大門。打開大門，讓傷
膝河帶我上路。

----

[1] 傷膝河（Wounded Knee）：位於美國南達科他
州。因發生於 1890 年 12 月 29 日的「傷膝河大屠

殺」（Wounded Knee Massacre）聞名。在美國南達科他州，由詹姆斯‧W‧福賽思（James William Forsyth）率領第七騎兵團的500美國騎兵對印第安人蘇族（Sioux）的部族拉科塔（Lakota）進行屠殺。

真實生活一章

凌晨一點五十二分。
完成所有令人疲倦的業務
我站起身，
廚房裡，碗碟上油已凝固，
杯底酒液沉澱下去。

最後一個人，洗乾淨碗和酒杯
最後一個取出洗衣機裡的織物，
最後一個晾曬，
最後一個擦乾淨桌面，
最後一個緊閉門窗，
最後一個扶正歪斜的椅子，
最後一個關上不必要的電源，
最後一個收拾生活的殘骸。

所有人都離開了，我
最後一個檢查是否仍有遺漏，
最後一個，清掃所有留在世上
文明的遺骸。
夜還沒有結束。

有時我們不知道如何去愛

有時我們不知道如何去愛，或什麼是愛，
像鳥兒不知道怎樣築巢，怎樣尋找枝條：
從一根穩固的樹杈開始，以交疊的方式
溫柔的細節一一成型，留出適當的空間。
力巧妙地退讓，彼此依靠或是容忍，
話語黏結起微妙的氣氛，成為環形
或有尖頂的瞭望塔，附帶嬰兒室；
但少了鏡子，也少了光亮的表面，
讓我們見識到內在，明澈或鬱結。
我們在將就的窠臼裡走完一生，
沒有留下墓誌銘，也沒有什麼──
足以紀念的往事，直到那巢
在一夜風雨後散落。猶如遺骸。
而我們並不知道什麼是愛，以及如何去愛。

虛擬旅行

在耳語中旅行
摻雜著靜默，謠言
黑暗中傳遞出一條諭令：
「1」與「0」組成的繩索
我將遊蕩到哪裡？
引導我行走的，是雲朵邊緣的光

一個遼闊的故事
驅趕我們。
起源於不同音節的詞彙，
在文字裡彙集成河。

最初的講述者，以歎息
填滿你和我之間的空隙。
那些樹安靜地篩著陽光，
紗網蓋住城市
灰塵不聲不響，棲息到肩頭。

在歌謠裡旅行
無名的人睡在故事裡，就滿足了。
我們都是匿名者
歡喜、歡喜，然後忘記。

在沉寂的大城市中心。
疼痛如焰火
從骨頭裡綻放。
你不能醫治它，只能慢慢增長年輪。

悲哀的燈照亮雙腳
我侷促不安，左右腳交替站著
輪流搓去趾間泥土。

沿著每一小段直線行進。
在平原盡頭，我是一棵樹
有鱗片的樹皮，樹脂濃稠
一大顆一大顆滲出來。

被做成十字架的樹，
綁著貞德點著的樹，
不多嘴的樹，
假裝在節日的樹，
和假裝沒有災難的樹。
在大陸結束之處沒有旗幟，
而我就是最後的旗

將每一個夢境綴起來、
具有預見性的網——
有人在黑夜停駐：
她向圍牆內揮手——牆內是什麼？
她自己的一半軀殼，舊靈魂
蛻下的瑣碎和曾經的好話語，
溫柔的、或是無知的。

在虛擬中旅行，容易失去
四分之三磅回憶——
無法再愛以前，必須記得說
再見，對自己

一個時刻 [1]

一個懸而未決的時刻
一個空洞的時刻
一個陽光洗刷紫色格子床單的時刻
一個無人走動的酷熱時刻
一個蜘蛛絲飄蕩，切開回憶的時刻

一個從野地回歸的時刻
一個生物試探其領地邊緣的時刻
一個蒲公英淹沒水泥小徑的時刻
一個紅火蟻日復一日加高巢穴的時刻
一個水巨蜥在林中小徑宣示主權的時刻
一個對話、扭絞、蔓延、制衡的時刻
一個復蘇的時刻

一個憂慮的時刻
一個隱居者的時刻
一個被切斷觸手的時刻
一個街道成為峽谷的時刻
一個鏽跡和霉斑裝飾外牆的時刻

一個終於厭倦了彼此，更厭倦自己的時刻
一個孤獨者更孤獨、恐懼者更恐懼的時刻
一個猜疑、恐慌、指責和流言的時刻
一個真相躲藏在窗後的時刻

一個壓制的時刻
一個懇求呼吸的時刻
一個人子悲鳴的時刻
一個墓碑和裹屍袋交易的時刻
一個真相必須披著謊言的外衣的時刻
一個我可能成為某人的時刻
一個我們再也無法信任鄰人的時刻
一個我和我對峙的時刻
一個我們不能和我們對話的時刻
一個沉沒的時刻

一個萬物停滯的時刻
一個注定缺乏意義的時刻
一個人類從世界退卻的時刻
一個最後的時刻，
或是，
一個開始的時刻。

1 本篇與〈我以為世界仍有微光〉、〈年輪〉發表
於《單讀》第25輯「爭奪記憶」卷首。

跋
我看見人馬星座正在升起……◎崔勇

　　我們在滬上求學的時候，師大夏雨詩社社長陸曉東，曾經拿了幾頁紙給我們幾個後來者看。這幾頁紙是意大利詩人馬里內蒂（Filippo Tommaso Marinetti）的《未來主義宣言》（Manifesto of Futurism，以下簡稱《宣言》）。那個時候的何杉，應該是被這篇充滿「革命」精神的檄文所震撼。在煙霧繚繞中，他親自動手，從《師大之聲》這份校報上，撕下一個個名詞和動詞，這些小紙片就像一個個等待召喚的精靈，被放進室友蔣小秋（也是後來的摯友）碩大的飯缸裡。我們幾個剛剛進去詩社的懵懂人，按照馬里內蒂的教導，一人一次從飯缸裡拿出一張小紙片，湊成一句話，然後煞有介事地把每次得到的句子記錄下來，完成一首「自動寫作」的詩。我自然是不清楚這樣做——打破語言對我們的束縛——有什麼意義。那個時候，我根本沒有感覺語言束縛，更多的是我無法找到語言。不過這麼做的好處是，我很快原諒了裘小龍翻譯的艾略特（T. S. Eliot）的詩：我不再覺得這種毫無漢語表達秩序的翻譯詩句是錯了，一切原因一定是「我沒有讀懂」。

何杉是我們幾個中年紀最小，但可能是最先知道「詩歌為何」的？也是最先擁抱「詩歌」的，他有點瘋狂地四處收集詩集。他雖然是個小個子，卻愛穿寬大外衣，而外衣口袋裡，一定會有湖南文藝出版社的那套「詩苑譯林」中的一本。宿舍自製的書架上，飛白翻譯的厚厚兩冊《詩海》，一段時間裡也被他所珍視，不太願意借人。

他似乎在那個時候就有了一點「作者」的意識。雖不是每寫一首詩歌，就像前社長陸曉東一樣跐著一雙拖鞋來我們宿舍，宣布「我又寫了一首好詩」，然後自管自地朗誦起來。但只要外出，他那件寬大外衣裡另一個口袋裡，一定放著一本筆記本和鋼筆，準備隨時記下詩神來臨時賜予的詩句——我後來知道他這是拿到了詩人李賀寫詩的方子。

每次他背過身拿出小本子寫詩，看著寬大的外套下的那個小個子，我總莫名其妙的覺著他是個「都柏林人」——或許只是因為我在看喬伊斯（James Augustine Aloysius Joyce）的《都柏林人》（Dubliners）？那個時候，他嗜煙嗜茶。喝茶用的杯子是最大號的「雀巢」罐，你會覺得那不是誇張，而是啜飲或是醉

飲。這個小個子詩人不能喝酒，他飲茶就足以醉。他是我們幾個中最具有迷狂衝動精神的人，雖然他的迷狂時常有些誇誕，但他那小個子身體裡有巨大的能量，對詩歌擁有部分的虔誠也足以讓他的誇誕足夠迷人。比如他對待馬里內蒂的那篇《宣言》裡那句詩，「我看見人馬星座正在升起……」。後來他「任性」地把這個詩句印在某一期《夏雨島》詩刊的封底。人馬星座升起，意味著一種新的秩序的開始？

後來，這個小個子詩人就去了國境線以南，我就斷了這種煙茶圍繞的荒廢的「詩生活」。直到後來我在網上搜到了他的博客，在那個虛擬網絡上，他走在新疆的戈壁灘上。而我憋在帝都，疲勞讀博。

何杉再次以一個詩人被我認識，是他發給我他的詩歌〈傷膝河，帶我上路〉。我脆弱地知道我的局限，但作為一個有限的閱讀者，我無法知曉異域的存在是如何進入一個異鄉的詩人。為此我集中時間看了我能搞到的所有美國西部片，但遺憾的是，我依舊無法進入「印第安人」──一個「將尖齒和暗影投入生活」的情境之中去。

　　但我知道這個在異鄉的遊蕩者的視域已經和我不同。這種不同才是詩人和他的閱讀者之間最大的障礙。這個障礙比當年我們看馬里內蒂的《宣言》時還要大——畢竟馬里內蒂的「渾話」，我們是一起讀，雖然他的實踐比我的更有目的性。

　　對於一個一直偏居東南一隅的人來說，即便閱讀曾經給我很多的「閱歷」，但那樣的「閱歷」是無法獲得一個「異域」的視野的——我無法在「傷膝河」裡，也無從知道「保護左膝」的命運是多麼的重要，我也沒有「走出熟悉的土地，去到陌生人中間」而獲得「該風化的頁岩／就片片碎裂」的「荒涼」。（見〈我走出熟悉的土地〉）我可能要體驗一個在國境線之外的漢語寫作者的詩人的境遇——這種寫作既是拯救性的，也是確認性的——它撫慰離開母語的傷害，它也確認和重新建立母語的世界。也是在這個意義上，第一代移民海外的漢語寫作者的寫作，可能更豐富也更幽暗——它是「這一個人」的「人的境遇的關切」。也是在這個意義上，他說：「寫作解救我，因為重建了一個世界、一個憑空創造的世界，一個紛繁又空曠的世界，然而它畢竟是當前實體世界的鏡像。」這也是他一直在尋

求的寫作之與他的意義所在。

　　一般說來，海外寫作者最顯見的一個文學
主題是「鄉愁」——這個主題最能夠給予異國
他鄉的居住者最明晰的族群認同和文化歸屬。
但在何杉的詩歌裡，並沒有明晰的鄉愁棲居。
他的詩歌裡最多呈現的是現代「城市景觀」，
「從星巴克到麥當勞只有二十步，／從星巴克
到噴泉也是二十步，／從麥當勞到噴泉要走
三十步，／從噴泉到臨時舞台大概十七步，／
從這隻漫步的蜘蛛／到廣場外側坐著的顧問
們，／絕不超過十步。」（見〈推銷員在融
化中〉）這些「城市景觀」，自然搜羅咖啡
館、博物館、圖書館、機場、行李箱以及一個
個「要尋找一個同伴」、「彼此摸索」、「反
复錯過」的現代都市中的人——「你們」（見
〈我們一無所有〉）。這些現代都市人最大的
特徵就是「孤獨」：「孤獨的臉在水波中破
碎。／自由的另一張面孔。閃爍。／我們住在
臉孔搭建的大廈裡，／臉孔來來去去。記憶來
來去去」（見〈致K〉）

　　但這「孤獨」並不是卡夫卡筆下的「K」，
何杉筆下的這些「在流放地」的「現代人異鄉
人」，不是荒誕的，最多只是模糊的。他們不

是被「意義纏繞」而迷失，而是被「意義」遺忘而痛苦。即便他們有格里高爾（Gregor Samsa，卡夫卡《變形記》中的主角）一樣的對現代社會那些無休止的出差、旅行、工作的「厭倦」，但一定不會採取變形來做一個「棄世者」。

他們之所以去海外，更多的是有「乘桴浮於海」——對美好生活的追尋。所以這些「異鄉人」在城市裡很容易被一一認出，但也迅速地合成「我們」：「我們活著別人的日子／我們活著無語的日子／我們活得忘了自己的名字／我們最後記得的／只有用戶名和密碼」。（見〈節慶即景〉）

雖然這些「我們」似乎和那些原住民一樣，成為一個「織著自己的網」的「推銷員」。但作為第一代移民，「我走出熟悉的土地，去到陌生人中間。／我的命運和他們沒有關連也沒有重疊。」（見〈我走出熟悉的土地〉）。現代城市的K，在取消意義而尋求「溫暖」，而這些推銷員還在努力尋找個體的意義，所以何杉認識到：「我的足尖也在『人』所能立足的狹小冰面上旋轉，冰刀所過之處，是危險而蓬然的生命之光。」也是在這個意義

上，他寫下了〈我以為世界仍有微光〉，也願意吟誦狄金森（Emily Dickinson）的詩句：「『我願你是仁慈的海』，／我願在溫柔的海中安息。」

即便他是「一棵樹」，「寬闊，盛大，站在荒原的中央／孤獨地站在荒原深處，盛大／但是無用。無可名狀的存在／承受星辰的重量，和人類精神的灰」。（見〈一棵樹〉）

對於一個「一個來自上海卻並不以之為故鄉、定居南洋二十載的新『移民』」，他在大陸唯一的真實就是「父親」。他的衰老、疾病、死亡既是一種現實，也是一種「鏡像」。作為一種可能的隱喻的現實，父親是「困在高加索山巔」的普羅米修斯（Prometheus），也是「仍舊推動巨石」的西西弗斯（Sisyphus），和這些人類的神祇一樣，一個作為「鏡像」的父親「困在自己的宿命之中」。（見〈午夜機場〉）而遊子最大的劇痛是在自身體驗了「父親」的「朽壞」、「衰老」以及最後「離開我遠去」，而不得不接受「我等待的航班尚未抵達」之後的空蕩蕩的「被拋擲」。雖然父親「刈下命定的麥穗／他最後將滿載而歸」（見〈惡魔預知死亡〉），但是一旦父親承載

了大陸本土的「死亡」，那遊蕩於南洋的那棵樹，就要徹底地「承受星辰的重量，和人類精神的灰」。而這塊立身之地，對於何杉這樣的「新移民」來說，就好像馬爾克斯（Gabriel García Márquez，又譯「馬奎斯」）筆下的新地「馬貢多」（Macondo，《百年孤寂》的虛構城市）──一個還沒有死亡降臨的新地──只有在夢境里安排死亡，或者把那個嗜土的女孩麗貝卡從遙遠之地背過來的親人骨殖放在口袋裡，徹底地孤獨。在此孤獨之地，可能才會了然「傷膝河，我帶你上路，只不過因為富於異國情調，且希冀保護我的左膝」裡「左膝」的秘密。這位在國境線以南的詩人，現在不喝酒不抽煙，愛上了奔跑──像日本作家村上春樹一樣，愛上了奔跑。而據我所知，何杉的左膝也因為奔跑受過傷。但他還是堅持著奔跑，甚至帶著他的兩個兒子，在大陸、台灣、日本持續的奔跑──「打開大門，讓傷膝河帶我上路」。這似乎是何杉實踐了里爾克（Rainer Maria Rilke）的詩句：「有何勝利而言，挺住就意味著一切！」從「挺住就意味著一切」而言，我也能理解他詩歌語言的「堅硬」。

在我看來，他願意「用力」地寫，用我曾經給他的戲語來說是一種「精氣神滿滿」的寫

作。他似乎沒有辦法和語言達成一種輕鬆的「和解」，這關乎他的審美，甚至關乎他的世界觀和價值觀。記得當年我們在華東師大中文系的時候，這個小個子男人，雖然嗓音清亮，卻愛好蒂娜·透納（Tina Turner），也時常聽《恐怖海峽》（Dire Straits），當然還有《迷牆》（The Wall）……他的身體裡晃動的是「重金屬」。他不會演奏，卻願意擺弄電貝司，甚至「砸」鼓。

我也曾深深感嘆他的鋼筆字的「硬」——和他網絡名「平湖」毫不相干。他跟我私下里聊天曾有這樣表達：「現代漢語完全沒有定型，我們也沒有一個完整的模式可以追隨。」他藉由寫作，在「嘗試解釋我所認識的世界」（何杉語），也是在嘗試一種自我風格的確定。在這種意義上，我覺得他的書寫，是他這個異域居住者對現代漢語的一種強力審查，即便「堅硬」，也可以是一種自我的語言技藝。

讀者可以輕易地在他的詩歌中發現「重複」——他願意和他鍾愛的詩人一樣，使用「重複」這種古老樸素的詩歌技藝。在我看來，重複既是一種修辭，也是體驗的不斷持續加深——那些手藝人，那些耕耘者，總是在一

次次重複又新鮮的勞作中，與世界交流，獲得
豐富或者貧瘠的成果。重複意味著持續，而持
續才是真相——人生就是一次次的重複，持續
起起落落，也就是年老的西西弗斯推石頭的秘
密。

　　作為一個在國境線之外的漢語寫作者，何
杉可以更自由地也是「盲目」地閱讀了大量的
現代西方詩歌，在他的詩歌裡，我們可以輕易
地看到狄倫·托馬斯（Dylan Thomas）、保羅·
策蘭（Paul Celan）、卡瓦菲斯（Constantine P.
Cavafy）、米沃什（Janina Miłosz）的影響。他
自覺地實踐了漢語寫作者的世界性。這可能也
是國境線以外的寫作者優勢，他們在放棄浪漫
主義鄉愁之後，就可以相對輕鬆地和明確地加
入到「世界題材」中去，即便題材來自大陸，
比如這本詩集裡的〈塵肺病人〉、〈年輪〉，
它們和〈蜂群〉一樣被置於〈一個時刻〉：
「一個被切斷觸手的時刻／一個街道成為峽谷
的時刻／一個鏽跡和霉斑裝飾外牆的時刻／一
個終於厭倦了彼此，更厭倦自己的時刻／一個
孤獨者更孤獨、恐懼者更恐懼的時刻／一個猜
疑、恐慌、指責和流言的時刻／一個真相躲藏
在窗後的時刻／一個壓制的時刻／一個懇求呼
吸的時刻／一個人子悲鳴的時刻／一個墓碑和

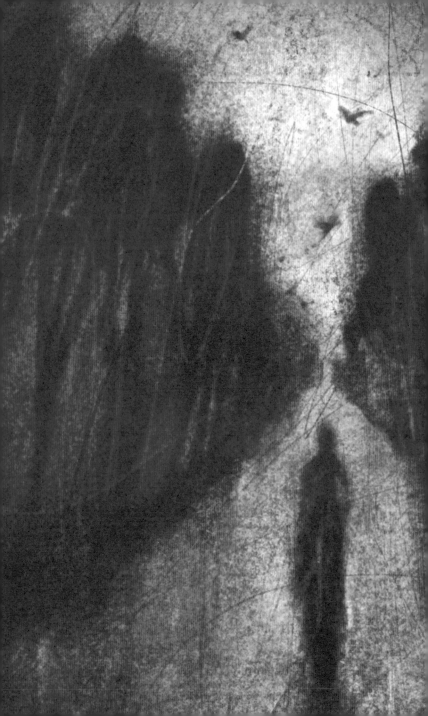

新加坡國家圖書館出版品預行編目（CIP）資料

National Library Board, Singapore Cataloguing in Publication Data
Name(s): 王哲 .
Title: 一个时刻 / 作者 王哲 .
Other Title(s): 他山之石 ; 001.
Description: Singapore : 新文潮出版社 , 2022. | Text written in traditional Chinese scripts.
Identifier(s): ISBN 978-981-18-3445-5 (Paperback)
Subject(s): LCSH: Chinese poetry--Singapore. | Singaporean poetry (Chinese)--21st century.
Classification: DDC 895.11--dc23

他山之石 001

一個時刻

作　　　者　何杉
總　　　編　汪來昇
責 任 編 輯　洪均榮
美 術 編 輯　陳文慧
校　　　對　何杉　洪均榮　汪來昇
出　　　版　新文潮出版社私人有限公司
　　　　　　TrendLit Publishing Private Limited (Singapore)
電　　　郵　contact@trendlitpublishing.com
插　　　畫　惠語墨

中港台發行　秀威資訊科技股份有限公司

新 馬 發 行　新文潮出版社私人有限公司
地　　　址　366A Tanjong Katong Road, Singapore 437124
電　　　話　+65-6980-5638
網 路 書 店　https://www.seabreezebooks.com.sg

出 版 日 期　2022 年 4 月
定　　　價　SGD 21 ／ NTD 250

建 議 分 類　現代詩、當代文學、華文文學

Copyright © 2022 Wang Zhe（王哲）
All Rights Reserved. Printed in Taiwan.

版權所有 · 翻印必究

購買時，如本書如有破損、缺頁或裝訂錯誤，可寄回本社更換。未經
書面向出版社獲取同意者，嚴禁通過任何方式重製、傳播本著作物之
一切內容，包括電子方式、實體方式、錄音、翻印，或透過任何資訊
檔案上下載等。